山の学校
キツネのとしょいいん

葦原《あしはら》かも さく　高橋和枝《たかはしかずえ》 え

講談社

山《やま》の学校《がっこう》　キツネのとしょいいん

1　子《こ》ギツネのリンです

「ユウキくん、こんにちは」

ピッ　ピッ

「はい、どうぞ。あ、カナちゃん、こんにちは」

ピッ　ピッ

「はい、どうぞ」

六年生《ねんせい》のとしょいいん、エリカは、まずその子《こ》のかし出《だ》しカードについているバーコードを、ピッとよみとります。そして、さし出《だ》す本《ほん》のバーコードを、ピッとよみとります。

二かいのピッ、ピッをしてもらうと、その本《ほん》をかりて
いくことができます。
キーンコーンカーンコーン
「はい、エリカさん、ありがとう。あとはわたしがやる
わ。おつかれさま」

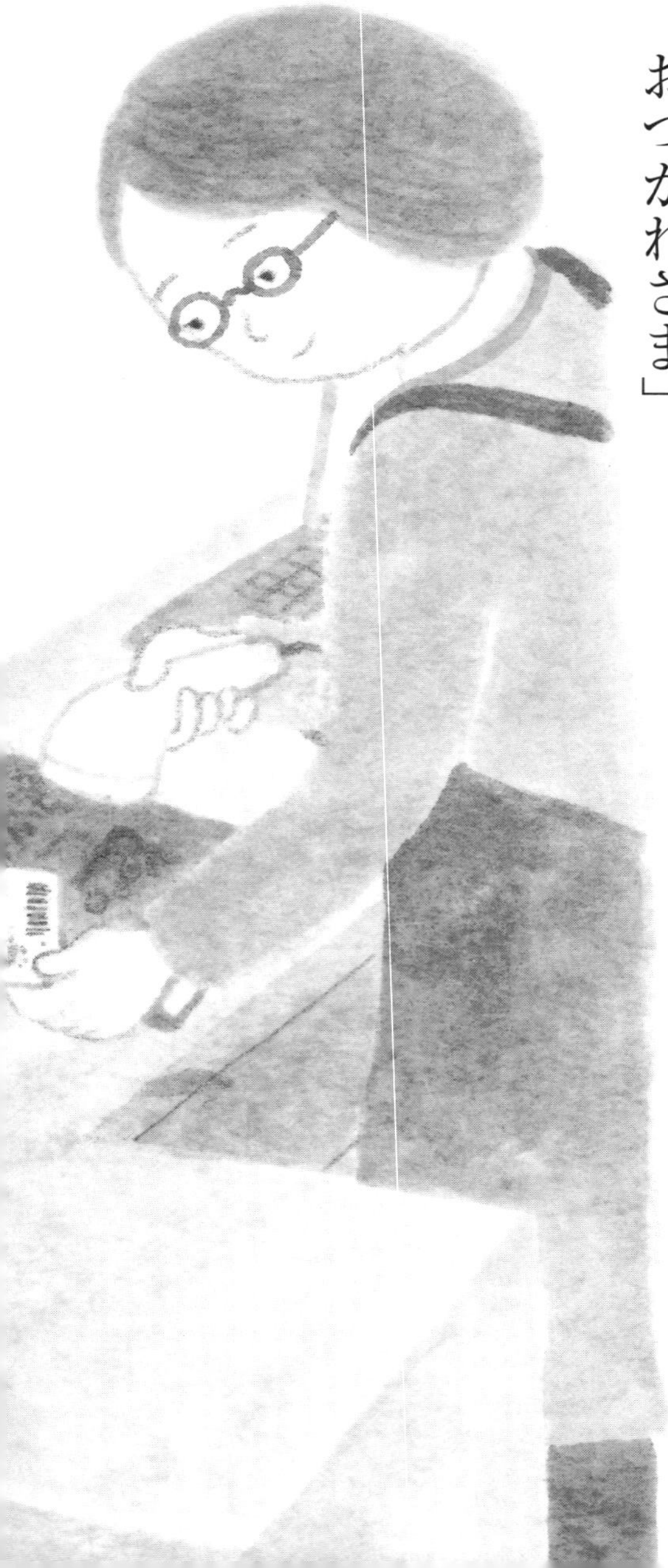

学校《がっこう》としょかんのししょ、
かえでさんがエリカとかわって、
のこりの子《こ》のカードと本《ほん》を、
ピッ、ピッと、よみとって、
「はい、早《はや》く教室《きょうしつ》にもどってね」
といいました。

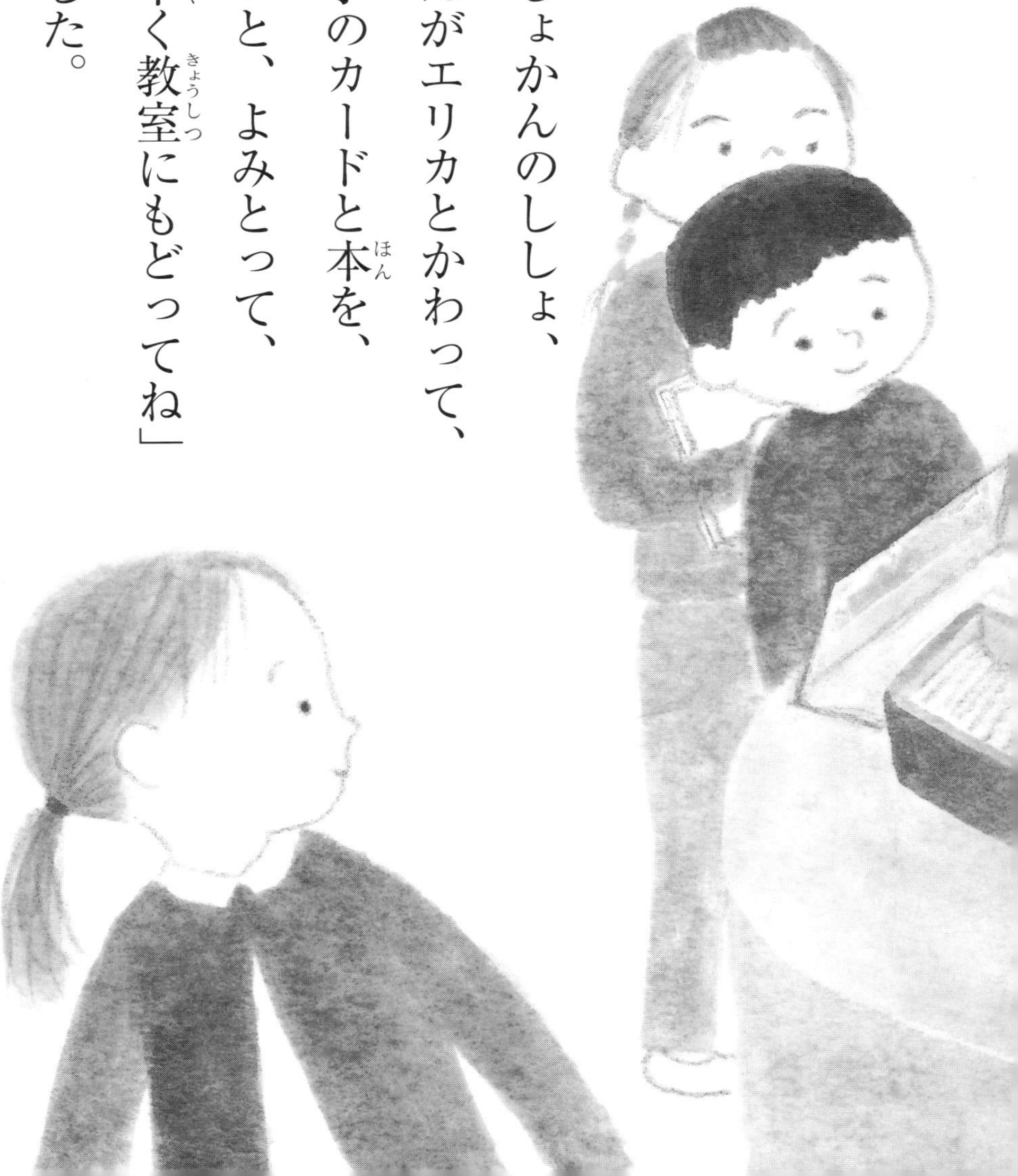

子《こ》どもたちがいなくなり、学校《がっこう》としょかんは、きゅうにしずかになりました。
五じかんめには、としょかんをつかうクラスがないので、かえでさんは、ほっとひといきつきました。

えのき小学校《しょうがっこう》は、深《ふか》い山《やま》のふもとにあります。子《こ》どもたちは、一年生《ねんせい》から六年生《ねんせい》まであわせて、十八人《にん》しかいません。

としょかんは、教室《きょうしつ》のあるこうしゃと、わたりろうかでつながった、小《ちい》さなたてものです。

かえでさんが、いつもとしょかんを、きもちよくつかえるようにしてむかえてくれるので、えのき小学校《しょうがっこう》に入《はい》ると、みんないつのまにか本《ほん》がすきになっているのです。

休《やす》み時間《じかん》には、外《そと》であそんだあとでも、あわてて本《ほん》をかりに来《く》る子《こ》もいます。

「山《やま》の木《き》が、すっかり色《いろ》づいたわね。日《ひ》があたって、とてもきれい」

かえでさんが、まどに近《ちか》づくと、サッと、だれかが向《む》こうにかくれた気《き》がしました。

「だれ？」

まどからのりだしてみましたが、だれもいません。

「子《こ》ども？　いや、もしかして、どこかのイヌかしら。子《こ》ジカ？」

学校《がっこう》には、ときどき校庭《こうてい》にシカがあらわれたり、イノシシの足《あし》あとがついていたりすることもあるのです。

かえでさんは、しばらくきょろきょろと見《み》まわしましたが、だれもいないので、まどからはなれて、子《こ》どもたちがつかったいすを、せいとんしはじめました。

「あのー」

まどのほうから、子《こ》どもの声《こえ》がしました。

「え？」

かえでさんがふりむくと、小《ちい》さなどうぶつが、ちょこんと顔《かお》を出《だ》していました。

「ワンちゃん？　いや、あら、キツネの子《こ》？」

かえでさんが声《こえ》をかけると、その子《こ》は、

「そう、キツネです」

と、こたえました。

「あらまあ、キツネちゃん、しゃべれるの?」

かえでさんは、びっくりしました。

この山《やま》の小学校《しょうがっこう》に来《き》てから十年《ねん》いじょうたつけれど、どうぶつが話《はな》しかけてきたのは、初《はじ》めてです。

そっと、まどのほうに近《ちか》づきました。

キツネは、小《ちい》さくおじぎをしました。

「ぼくは、キツネのリンといいます。かえでさんに、おねがいがあります」

「あら!」

かえでさんの目《め》が、まん丸《まる》になりました。

「わたしのなまえを知《し》っているの？」

「はい。子《こ》どもたちが、かえでさんってよんでいるのを、聞《き》いたものですから」

キツネのリンは、よくとおる声《こえ》で、とてもきちんとしゃべるので、かえでさんはかんしんしました。

「キツネ……じゃなくてリンくん、おねがいってなにかしら」

リンの目《め》が、かがやきました。

「ぼく、あのピッ、ピッていうの、どうしてもやってみたいんです。ことりみたいな声《こえ》が出《で》るでしょ、とてもすてきだなと思《おも》って」

かえでさんは、バーコードをよみとるかっこうをしました。

「ピッ、ピッて、これのこと？」

リンは、うんうんとうなずきました。

「ピッ、ピッてやってもらうと、みんな、とてもうれしそうだし。ねえ、ぼくにもできないかしら」

かえでさんは、びっくりしました。キツネの子《こ》が、そんなことをやりたがるなんて。

リンは、体《からだ》をのりだして、かえでさんをじっと見《み》つめています。

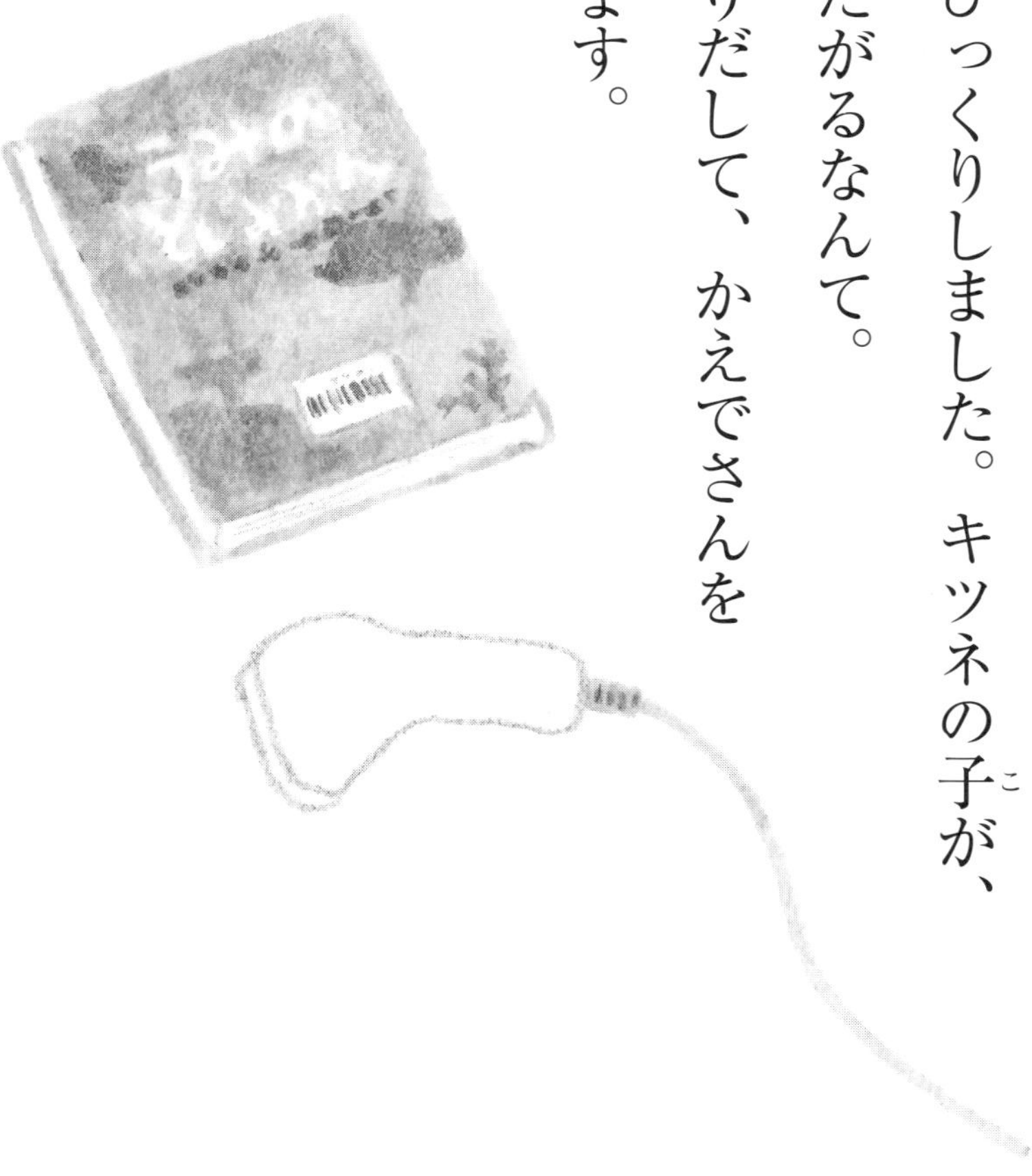

「そうね、じゃあとにかく、中《なか》に入《はい》ってみない？　あ、まってね、足《あし》をふいてからね」

かえでさんがぞうきんをとってくると、リンはまどのふちにとびのって、りょうほうの前足《まえあし》をさし出《だ》しました。かえでさんにごしごしふいてもらうと、こんどは後《うし》ろ足《あし》を一ぽんずつふいてもらいました。

「はい、どうぞ」

「おじゃまします」

リンは、ぴょんととんで、としょかんのゆかにおりました。そして、カウンターの中《なか》にささっと入《はい》りました。

「これでいい？」

「はいはい、ちょっとまってね」

リンは、としょいいんのいすにちょこんとすわっていましたが、体《からだ》が小《ち》さいので、カウンターからやっと顔《かお》がのぞくぐらいでした。

かえでさんは、小《ち》さいダンボールのはこをもって来《き》ていすにおき、その上《うえ》にリンをすわらせました。

前足《まえあし》が出《だ》せる高《たか》さになりました。

「あら、としょいいんさんみたいよ」

「ほんと？　ぼく、としょいいん？」

かえでさんは、リンにバーコードリーダーをもたせてみました。

りょうほうの前足《まえあし》で、やっともてました。

「なんとか、もてそうね」

かえでさんは、子《こ》どもたちが返《かえ》した本《ほん》が入《はい》っているはこをもって来《き》ました。一《ひと》さつとり出《だ》して、バーコードのラベルを上《うえ》にして、リンのまえにおいてみました。

「この、黒《くろ》と白《しろ》のしましまのところに、向《む》けてみてね」

「はいっ」

リンは、バーコードリーダーを本《ほん》に向《む》けようとしましたが、ぐらぐらしてなかなかできません。

「あらあら」

かえでさんは、本《ほん》をもって、バーコードを近《ちか》づけました。

すると、
ピッ！

「やったー、ことりちゃんの声《こえ》だ！　できた、ぼくにもできた！」

リンは、おおよろこびです。

かえでさんは、まだゆめを見《み》ているようでしたが、リンがとてもうれしそうなので、にっこりして聞《き》きました。

「ことりちゃんって、お友《とも》だちなの？」

すると、リンの顔《かお》が、きゅうにかなしそうにくもったのです。

「すごくきれいな声《こえ》でうたう、青《あお》いことりちゃんなの」

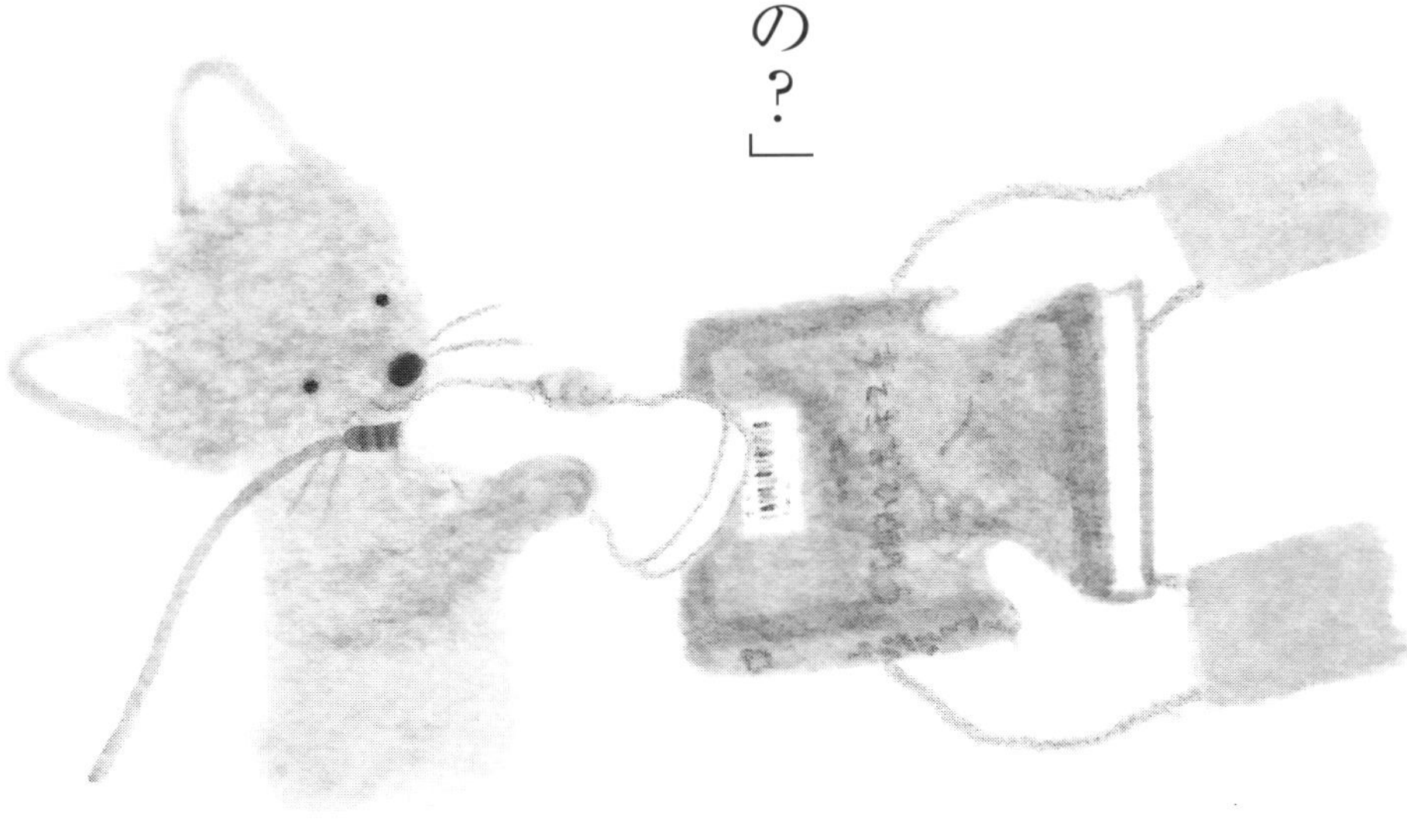

「青《あお》いことり？」

「そう。ぼくが、ことりちゃん！　ってよぶと、かならず、ピッてなくの」

「それが、この音《おと》とにてるのね」

リンは、うなずきました。

「いつも、いっぱいおしゃべりしたんだ。ことりちゃんは、空《そら》をとんでいろんなところで見《み》たことを、おしえてくれるの。ぼくは、山《やま》で見《み》つけたおもしろい虫《むし》のこととかを話《はな》すの」

「そうなの、なかよしなのね」

「うん。そして、うたって、っておねがいすると、すきとおるきれいな声《こえ》で、うたってくれるの」

「すてきね！」

「でも、雨《あめ》が何日《なんにち》もふって、会《あ》えなくて、はれた日《ひ》にことりちゃんに会《あ》いに行《い》ったけれど、いなかったの。よくあそんだ林《はやし》のほうに行《い》っても、いないの。どこかに行《い》っちゃったみたいなの」

リンの目《め》に、なみだがたまっています。

「まあ、さびしくなっちゃったわね。どうしちゃったのかしらね」

「ぼくのこと、きらいになっちゃったのかな」

「そんなこと、ないはず。こんなにかわいい、おりこうな子《こ》ギツネなのに」
かえでさんは、なんていってあげたらいいのか、
わかりませんでした。
リンがいいました。
「ねえ、かえでさん、
もっとやっても
いいかしら」
「え、は、はい、
わかったわ」

われに返《かえ》ったかえでさんは、はこの中《なか》から、つぎつぎ本《ほん》を出《だ》して、リンのまえにさし出《だ》しました。

ピッ

ピッ

だんだん、じょうずになってきました。

「ことりちゃんといるみたいで、なんだかたのしくなってきた」

「そう、よかったわ！」

かえでさんも、うきうきしてきました。

はこに入《はい》っていた十五さつ、ぜんぶおわりました。

「すごいわ、ぜんぶできた」
リンは、バーコードリーダーをおいて、
うーん、と前足《まえあし》をのばしました。
「ありがとうございました。
ぼく、うまくできたかしら」
「ばっちりよ、ほんものの
としょいいんさんみたい。
……そうだわ！」

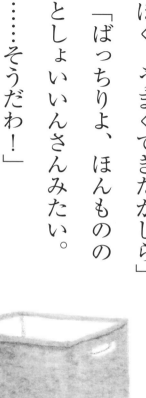

かえでさんが、きゅうに大《おお》きな声《こえ》でいいました。

「あした、ほんとにとしょいいんをやらない？　子《こ》どもたちに、ピッて、やってあげたらどうかしら？」

リンの目《め》が、ビー玉《だま》みたいにまん丸《まる》になりました。

「ぼくが？　いいの？」

「だって、こんなにじょうずにできるのですもの。子《こ》どもたち、おおよろこびよ。そうだわ、校長先生《こうちょうせんせい》にいわなくちゃ」

「校長先生《こうちょうせんせい》って？」

「学校《がっこう》のリーダーよ。だいじょうぶ、校長先生《こうちょうせんせい》は、おもしろいことがだいすきだから」

「ほんと？　ぼく、気《き》に入《い》ってもらえるかしら」

「もちろん、もちろん！」

リンは、にっこりしました。

そのとき、まどの外《そと》の、山《やま》のほうから、
コン、コーン
という声《こえ》が聞《き》こえました。

リンの耳《みみ》が、ピンと立《た》ちました。

「たいへん。ぼく、帰《かえ》らなくちゃ。おかあさんがよんでるの」

「あら、あら。それはたいへん」

リンはそそくさとまどに向《む》かい、かえでさんにあいさつしました。

「ありがとうございました。じゃあ、あしたも、来《く》るね」

「ぜったい来《き》てね。まってるわ！」
かえでさんは、
リンの前足《まえあし》を
ぎゅっと
にぎりました。

リンはまどから、ぴょんと外《そと》に出《で》ました。まだ太《ふと》くないしっぽが、しょろん、とゆれました。そして、あっというまに、山《やま》に向《む》かって走《はし》って行《い》ってしまいました。

「気《き》をつけてね！」

かえでさんは、手《て》をふって見《み》おくりました。

「なんだか、ゆめを見《み》ていたみたいだわ。こんなことがあるなんて。なんてすてきなのかしら」

かえでさんは、リンがピッとしてくれた本《ほん》を、もとのたなにもどすのもわすれて、

「校長先生《こうちょうせんせい》ー」

とよびながら、しょくいんしつに向《む》かっていきました。

2 リンはとしょいいん

つぎの日《ひ》、みんながきゅうしょくを食《た》べている時間《じかん》に、としょかんのまどから、リンがひょこっと顔《かお》を出《だ》しました。

「リンくん、まってたわ」

「や、やあ、リンくん！」

としょかんでまちかまえていたのは、かえでさんと、校長先生《こうちょうせんせい》でした。

「こんにちは」
リンは、ぺこりとおじぎをしました。
「よく来《き》てくれたね。ぼくは半分《はんぶん》、ほんとに来《く》るのかなあと思《おも》っていたんだけど、会《あ》えてうれしいよ！　さあ、いらっしゃい」

校長先生《こうちょうせんせい》は、にこにこしてリンをむかえました。

「足《あし》をふいてからなの」

リンは、まどのふちにとびのりました。

かえでさんは、ぞうきんで、一本一本足《いっぽんいっぽんあし》をふきました。

「ゆうべ、ちょっと雨《あめ》がふったから、足《あし》がどろんこね。

はい、どうぞ」

「おやおや、すっかりかえでさんに、なじんでいるんだね」

校長先生《こうちょうせんせい》は、目《め》をぱちぱちさせました。

リンがとしょかんに入《はい》ってくると、校長先生《こうちょうせんせい》は、リンの首《くび》に、かみで作《つく》ったメダルをかけました。

「としょいいん」

と、書《か》いてあります。

「はい、きみは今日《きょう》から、この学校《がっこう》としょかんの、としょいいんです。よろしくおねがいします」

「わあ、ぼく、としょいいんになったんだ！」

リンは、ぴょんぴょんはねて、よろこびました。

「もうすぐ子《こ》どもたちがやってくるわ。校長先生《こうちょうせんせい》が、みんなに知《し》らせてくれたの。さあ、カウンターに入《はい》って、じゅんびをしましょう」

「はい！」

リンは、カウンターのいすにおかれた、ダンボールの上《うえ》にすわりました。

「どきどきする」

たったたっと、足音《あしおと》がして、最初《さいしょ》にかけこんできたのは、としょいいんのエリカでした。

「わあ、ほんとにキツネの子《こ》がいる！」

エリカは、リンにかけよりました。

「かっわいい！」

「リンです。よろしくおねがいします」

リンは、ちょっとはずかしそうに、あいさつしました。

かえでさんは、エリカにいいました。

「今日《きょう》は、リンくんがピッピをやってくれるから、エリカさん、てつだってあげてね」

「わかりました。よろしくね、リンくん」

エリカは、カウンターに入《はい》り、リンのよこに立《た》ちました。

にぎやかな声《こえ》と、足音《あしおと》が近《ちか》づいてきました。

「わああ、キツネちゃん！」

「ほんとに来《き》てくれたあ」

「校長先生《こうちょうせんせい》の、じょうだんかと思《おも》ったら、ほんものだあ」

子《こ》どもたちは、リンのそばにどんどん集《あつ》まってきました。

学校《がっこう》の子《こ》どもたち、ぜんぶが来《き》ているかもしれません。

「はい、みなさん、まず、本《ほん》をさがそうね。そして、キツネのリンくんに、ピッてやってもらおうね」

校長先生《こうちょうせんせい》がいうと、子《こ》どもたちは
あわてて、本《ほん》をさがしに行《い》きました。
二年生《ねんせい》のリュウタは、ものすごい
早《はや》さで虫《むし》のずかんをえらんで、
「いっちばん！」
といって、カウンターにおきました。
エリカは、カード入《い》れからリュウタの
カードを出《だ》しました。そして、
なまえの下《した》のバーコードを、
リンにさし出《だ》しました。

「まず、ここをピッ」

ピッ

「おお、すげえ」

リュウタは、おおよろこびです。

つぎに、エリカが本《ほん》をさし出《だ》すと、

リンは本《ほん》のバーコードを、

ピッ

「はい、どうぞ」

エリカは、本《ほん》をリュウタにわたしました。

「やったあ！　あくしゅ！」

リュウタが右手《みぎて》をさし出《だ》すと、リンがそっとタッチしました。

「おおお」

「早《はや》く早《はや》く」

「リュウタ、どいて」

いつのまにか、本《ほん》をもった子《こ》どもたちが、ずらっとならんでいます。

「サユキです」

「こんにちは、サユキちゃん」

カードのバーコードをピッ。本《ほん》のバーコードをピッ。

「ありがとう、あくしゅ！」

こうして、つぎつぎと、本《ほん》のかし出《だ》しをしていきました。

リンとエリカのこきゅうは、しだいにぴったりあっていきました。

先生《せんせい》たちも、かわるがわるのぞきに来《き》ています。

「あわてないで、ちゃんと本《ほん》をえらぶんだぞ」

校長先生《こうちょうせんせい》は、にこにこしながら、校長室《こうちょうしつ》にもどっていきました。

キーンコーンカーンコーン
チャイムが鳴《な》りました。

子《こ》どもたちは、なごりおしそうに、

「リンくん、あしたも来《き》てね」

「ぜったいだよ」

といって、教室《きょうしつ》に帰《かえ》っていきました。

「リンくん、ありがとう。たすかっちゃった」

エリカがいいました。

「ぼくこそ、てつだってくれてありがとう」

「また、あしたね」

「うん！」

エリカも、手《て》をふって
出《で》ていきました。

「リンくん、おつかれさま！」

かえでさんは、リンのあたまをなでました。

「よくがんばったわね。つかれたでしょ」

リンは、前足《まえあし》をうーん、とのばしました。

「うん、ちょっぴりね。でも、だいじょうぶ。たのしかったなあ」

「それはよかった。あ、ちょっとこっちに来《き》て」

かえでさんは、カウンターのおくの小《ちい》さな部屋《へや》に入《はい》りました。ここは、本《ほん》のしゅうりをしたり、ラベルをはったりする部屋《へや》です。

かばんから、小《ちい》さなつつみを出《だ》しました。
「さあ、いっしょに、おべんとうを食《た》べましょう」
「おべんとう？」
「そうよ、だいたいいつも、昼休《ひるやす》みが
おわったあとに、ささっと食《た》べるのよ」
かえでさんはリンをいすにすわらせると、
テーブルの上《うえ》でつつみを広《ひろ》げました。
おいなりさんが、
ならんでいました。

「わあ、いいにおい！　これ、なあに？」

リンは、体《からだ》をのりだしました。

「おいなりさんっていうの。キツネならきっと、すきだと思《おも》って。さあ、どうぞ」

小《ちい》さなおさらに、おいなりさんを二つのせてあげると、リンは、

「いただきます」

とあいさつして、ぱくっとかみつきました。

「おいしい！　こんなの、初《はじ》めて！」

そしてあっというまに、ぺろり、とたいらげました。

口《くち》もとをてかてかさせて、わらっています。

「よかった、やっぱりキツネは、おいなりさんがすきなのね」

リンは、首《くび》をかしげました。

「やっぱりって？」

「むかしから、キツネは神《かみ》さまのお使《つか》いっていわれていて、あぶらあげやおいなりさんを、おきつねさまに、おそなえするのよ」

「じゃあ、ぼく、おきつねさま？」

「フフフ、そうかもね」

そのとき、まどの外《そと》から、コーン、コーンと声《こえ》がしました。

「ぼく、帰《かえ》らなくちゃ。かえでさん、ありがとう、おいしかった。また、あしたね」

リンは、いそいで、まどからとびだしていきました。

「また、あしたね」

かえでさんは、今日《きょう》も手《て》をふって見《み》おくりました。

「でもよかった。げんきになったみたいね。そうだ！」

ぱちんと手《て》を打《う》ちました。

「おかあさんへのおみやげに、おいなりさんをもたせればよかった。わたしったら。あしたは、何《なん》とか考《かんが》えてみよう」

小《ちい》さなハンカチにつつんで、首《くび》にむすぶとか……そうぞうするだけで、くすくすとわらえてきました。

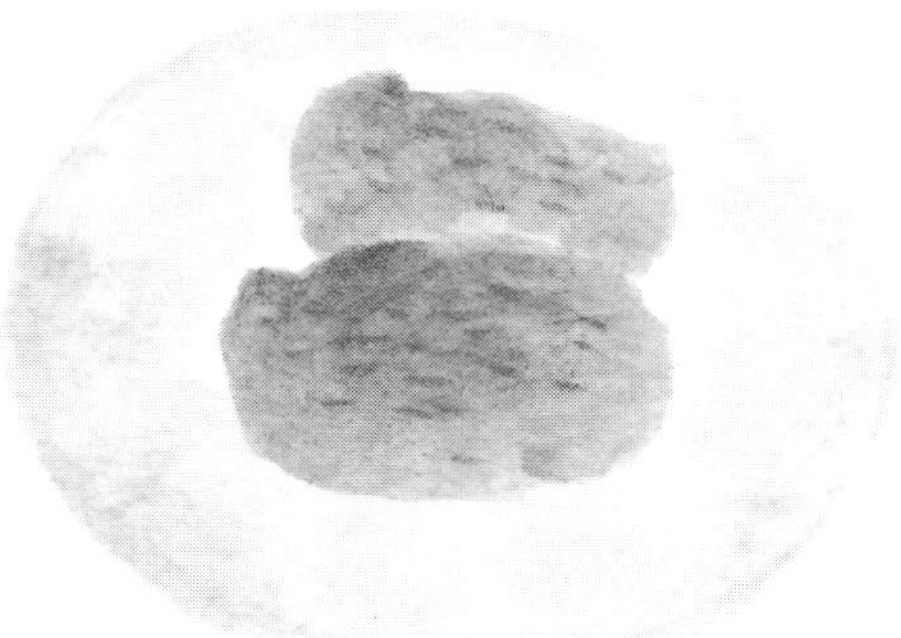

3 友《とも》だち

つぎの日《ひ》は、朝《あさ》から風《かぜ》がひんやりとしていました。山《やま》の木《き》も、いっそうあざやかに、赤《あか》やきいろにそまった気《き》がします。

「こんにちは、かえでさん」

リンは今日《きょう》も、お昼休《ひるやす》みのちょっとまえに、としょかんのまどから顔《かお》を出《だ》しました。

「いらっしゃい、今日《きょう》もよろしくね」

リンは、まじめな顔《かお》でいいました。

「きのうはごちそうさまでした。おかあさんが、ちゃんとおれいをいいなさいって」

「まあ、しっかりした、いいおかあさんね。だから、リンくんはこんなにいい子《こ》なのね」

かえでさんにほめられると、リンはうふふとわらいました。

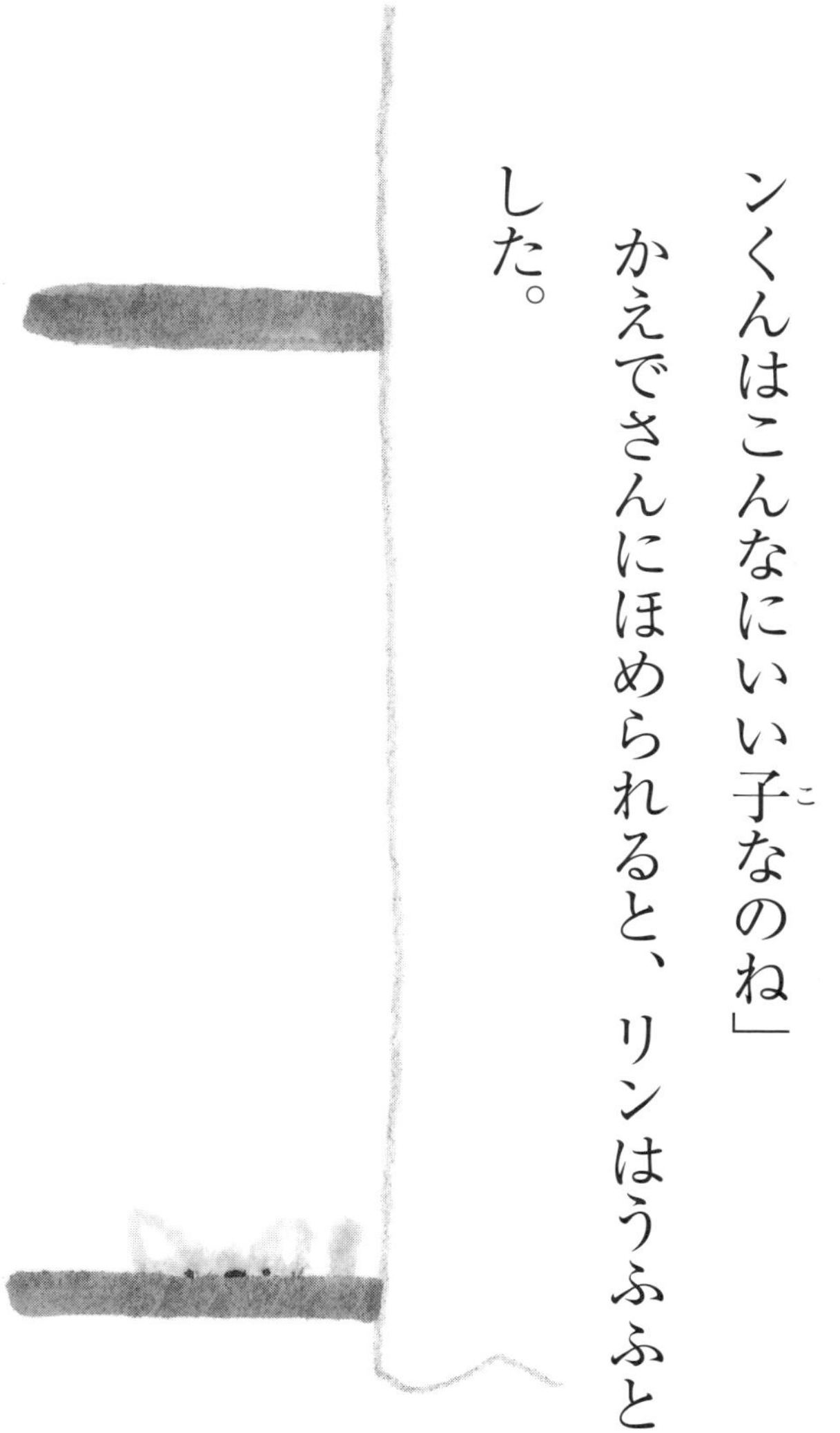

「リンくーん、こんにちはー」

エリカです。

「よかったー、今日《きょう》も来《き》てくれて」

リンとエリカは、きのうのように、カウンターにつきました。

「今日《きょう》もがんばろう、リンくん」

「はい、エリカちゃん」

リンはちょっときんちょうして、バーコードリーダーをもちました。

「おう、いたいた！」

リュウタが、本《ほん》をかかえてとびこんできました。

「これ、返《かえ》す」

きのうかりた虫《むし》のずかんを、はこの中《なか》にぽん、と入《い》れました。

「あらあらリュウタくん、もう返《かえ》すの？」

かえでさんが、いいました。

「もう読《よ》んじゃったから」

リュウタはまた、すごい早《はや》さで、バッタの絵本《えほん》をえらんできました。

「今日《きょう》も、いっちばん！」

ほかの子《こ》も、つぎつぎやってきました。

「リンくん、こんにちは！」

「やっほー、リン！」

みんな、本《ほん》を返《かえ》しては、つぎの本《ほん》をさがしてかりに来《き》ます。

「あらあら、みんな読《よ》むの早《はや》いのね」

かえでさんは、わらっています。

リンは、エリカといっしょに、ちょうしよく、ピッとよみとっていきます。

かし出《だ》しが、少《すこ》し落《お》ち着《つ》いたころ、三年生《ねんせい》のヒナタが、一年生《ねんせい》のナズナの手《て》を引《ひ》いて、入《はい》ってきました。ナズナは、ないたあとなのか、目《め》がまっ赤《か》です。

「どうしたの、ナズナさん」

かえでさんが、そばによっていきました。

ヒナタが、かわりにこたえました。

「ナズナちゃん、いそいでとしょかんに行《い》こうとして、しょうこう口《ぐち》でころんじゃったの。すねをぶつけただけで、けがはないから、いたくなくなるまでまって、いっしょに来《き》たの」

「そうなのね。ヒナタさん、まっててくれて、ありがとうね。ナズナさん、だいじょうぶ？」

ナズナは、ヒナタに体《からだ》をよせて、だまってうなずきました。

ふたりは、いっしょにカウンターに来《き》ました。

「ナズナちゃん、キツネのリンちゃん、まだいてくれたね。よかったね」

ヒナタがいうと、ナズナは、

「うん」

と、にっこりしました。

「ふたりは、家《いえ》が近《ちか》くで、きょうだいみたいになかよしなのよ」

かえでさんが、リンにいいました。

そして、ふたりはいっしょに本《ほん》をえらんで、カウンターのリンに本《ほん》をさし出《だ》しました。

「おねがいします、リンくん」

リンは、バーコードリーダーを向《む》けました。

ピッ

その音《おと》がしたとたん、リンの目《め》からなみだがあふれ、

わーんわーん

大《おお》きな声《こえ》をあげて、
なきだしてしまったのです。

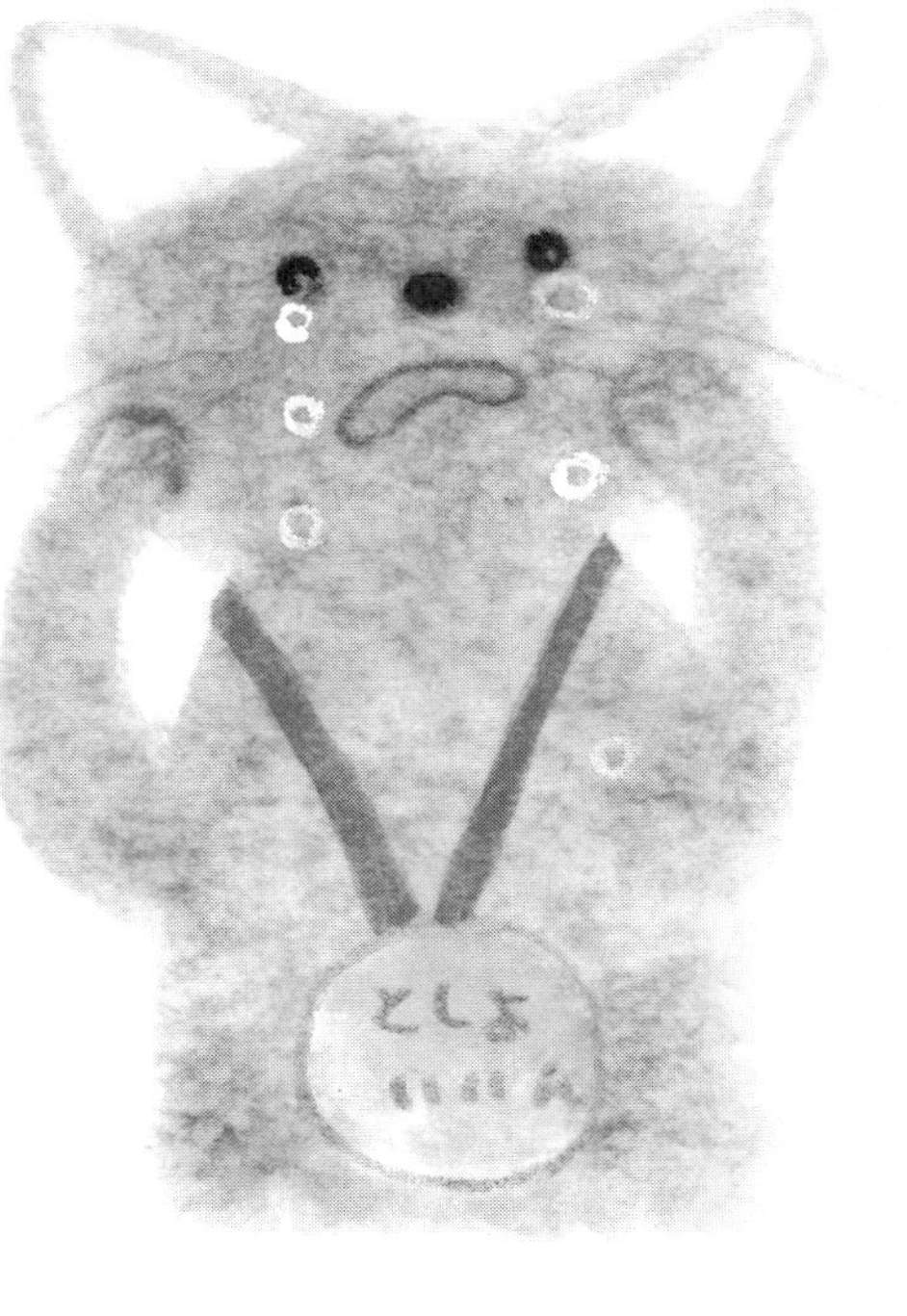

としょかんにいた子《こ》どもたちは、びっくりして、かけよってきました。

「どうしたの？」

「リンくん、なんでないてるの？」

わーんわーん

リンは、なきやみません。

かえでさんが、いいました。

「リンくんは、なかよしのヒナタさんとナズナさんを見《み》て、自分《じぶん》のお友《とも》だちのことりちゃんのことを、思《おも》い出《だ》しちゃったんじゃないかしら。

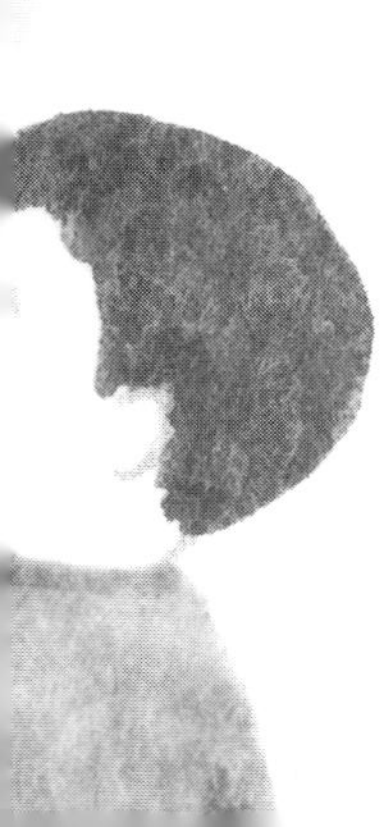

ねえ、リンくん？」

リンは、
うなずくと、
また声《こえ》をあげました。

「わーん。ことりちゃん、いなくなっちゃったー」

エリカは、リンのせなかをなでながら聞《き》きました。

「どんな、ことりちゃんなの？」

「あ、青《あお》くて、とってもきれいなことりちゃん」

「青《あお》いのね。ずかんにのってるかもしれない！」

エリカがいうと、リュウタが本《ほん》だなに走《はし》って行《い》って、鳥《とり》のずかんをもってきました。

いつもずかんばかり見《み》ているので、なれているのです。

「これでいい？」

「うん」

エリカは、山《やま》にいる鳥《とり》のところをひらいて、青《あお》い鳥《とり》を見《み》つけました。

「これじゃない？　オオルリ。リンくん、見《み》て」

リンは、なみだをふきながら、ずかんを見《み》ました。
「ことりちゃんだ、ことりちゃんだ！」
ずかんにはなをくっつけるようにして、
じっと見《み》ています。

かえでさんが、のぞきこみました。

「オオルリなのね。ほんとにきれい。『主《おも》に山地《さんち》に住《す》む、色《いろ》も声《こえ》も美《うつく》しい鳥《とり》。渡《わた》り鳥《どり》……冬《ふゆ》は東南《とうなん》アジアで』……リンくん！」

かえでさんがきゅうに大《おお》きな声《こえ》を出《だ》したので、リンもみんなもびっくりしました。

「リンくん、ことりちゃんは、わたりどりなの。リンくんがきらいになったんじゃなくて、冬《ふゆ》が来《く》るから、なかまといっしょに、南《みなみ》の国《くに》に行《い》ったのよ！」

「え、わたりどり？」

リンは、なみだでぬれた顔《かお》で、
かえでさんを見《み》つめました。
「そう、春《はる》になったら、また来《く》るわ」
「ほんとに？　ぼくのこと、
きらいになったんじゃなくて？」

子《こ》どもたちは集《あつ》まってきて、リンにいいました。

「こんなかわいいリンくん、きらうわけないじゃん」

「ぼくも、友《とも》だちだよ」

「わたしも」

みんなになでまわされて、リンはころがりながら、とてもしあわせなきもちでいっぱいになりました。

そのとき、チャイムが鳴《な》りました。

「はい、じゃあみんな、リンくんはもうだいじょうぶだからね。教室《きょうしつ》に、もどろうね」

かえでさんがいうと、子《こ》どもたちは、

「えー、もっとリンとあそびたい」

「まだいいじゃない」

などとぶつぶついいながら、教室《きょうしつ》にもどっていきました。

「またねー」

リンは、げんきに声《こえ》をかけました。

としょかんが、シーンとしずかになりました。

「かえでさん、ぼく、ないちゃって、ごめんね」

リンが、ぼそっといいました。

「いいのよ、リンくん、ずっとかなしかったんだもんね。がまんしてたのね」

リンは、はずかしそうにうなずきました。

「春《はる》が来《く》るのが、たのしみね」

「春《はる》って、いつ来《く》るの？」

「寒《さむ》い冬《ふゆ》が来《き》て、それがおわると、春《はる》。リンくんが生《う》まれた、春《はる》よ」

「早《はや》く来《こ》ないかなあ」

「ほんとね。さあ、おべんとうにしましょうか」

かえでさんがさそうと、リンは首《くび》をよこにふりました。

「ぼくね、おかあさんに話《はな》したいの、今日《きょう》のこと。だから、もう、帰《かえ》るね」

というと、かえでさんがとめるまもなく、ぴょんと、まどから出《で》て行《い》ってしまいました。

「おいなりさん、たくさん作《つく》ったのに。……まあ、しかたないわね。おかあさんも、リンくんがげんきだとあんしんするわね。またあしたが、たのしみだわ」

びゅーっと、つめたい風《かぜ》がまどからふきこみました。

「今夜《こんや》は、寒《さむ》くなりそうね。リンくんのねぐらは、あたたかいのかしら」

かえでさんは、まどをしめて、ひとりでおべんとうを広《ひろ》げました。

4　ぼくはキツネ

つぎの日《ひ》の朝《あさ》です。かえでさんは、としょかんのまどから、山《やま》を見《み》つめました。色《いろ》づいた木《き》の葉《は》っぱが、ゆうべのこがらしで、だいぶちってしまっていました。

「さあ、今日《きょう》はリンくんに、キツネの出《で》てくる本《ほん》を見《み》せてあげようかしら」

かえでさんが、としょかんの本《ほん》をととのえていると、コンコン、とまどをたたく音《おと》がしました。

「あら、リンくん、早《はや》いわね」

まだ、十時《じ》になったばかりです。

「ふふ、としょかんが、よっぽど気《き》に入《い》ったのね」

かえでさんは、ガラスまどをあけました。

「はい、足《あし》をふきましょ」

だけどリンは、入《はい》ってこようとはしませんでした。

「どうしたの？　げんきないね。また、さびしくなったの？」

かえでさんがたずねると、リンはうつむきがちにいいました。

「かえでさん、としょいいんをやらせてくれて、ありがとう」

「いいえ、こちらこそ。今日《きょう》もおねがいね！」

でも、リンは首《くび》をよこにふったのです。

「きのうの帰《かえ》りみち、おかあさんにいわれたの。もう、としょいいんはおしまいって。もうすぐ冬《ふゆ》が来《く》るから、それまでに、食《た》べものの見《み》つけかたや、冬《ふゆ》のすごしかたとか、いろいろおぼえなくちゃだめなんだって」

かえでさんは、うろたえました。

「せっかく、ピッとできるようになったのに。そうだ、本《ほん》でべんきょうするのはどうかしら？」

リンは、しっかりとした声《こえ》で、いいました。

「ぼく、キツネだから。木《き》や草《くさ》のにおい、風《かぜ》の音《おと》、そういうのから、べんきょうするんだって」

「そっか……リンくんは、キツネの子《こ》」

かえでさんは、

じっとリンを見《み》つめて

いましたが、きゅうに

目《め》をかがやかせました。

「リンくん、わかったわ。

山《やま》が、リンくんの

としょかんなのよ。

山《やま》から、いろんなちしきを、

いっぱいもらえるんだわ」

リンの顔《かお》が、ぱあっと明《あか》るくなりました。

「山《やま》が、ぼくのとしょかん！　ぼく、山《やま》のとしょいいんになる！」

リンはまどからはなれて、ぐるぐる走《はし》って、とびはねながらもどってきました。

「かえでさん、ことりちゃんのこと、ありがとう。かえでさんや、みんなのこと、わすれません」
「わたしも子《こ》どもたちも、わすれないわ。そう、この学《がっ》校《こう》の子《こ》は、みんな山《やま》がだいすきだから、きっといつか、山《やま》で会《あ》えるわよね」
「うん、山《やま》で、会《あ》えたらうれしいな」
リンは、前足《まえあし》をさし出《だ》しました。

「あくしゅ」

「あくしゅ」

かえでさんは、少《すこ》し土《つち》がついているリンの前足《まえあし》に、そっとふれました。

「げんきでね」

「はい。みんなに、ありがとうって、つたえてくれる？」

かえでさんは、うなずきました。

「あ、リンくん」

リンは、首《くび》をかしげて、かえでさんの顔《かお》を見《み》ました。

そのようすがあんまりかわいくて、かえでさんは、なきそうになりました。

「春《はる》になって、ことりちゃんに会《あ》ったら、よろしくね」
「うん、ぼく、子《こ》どもたちの本《ほん》に、ピッてやったこと、
おしえてあげるんだ」
リンの丸《まる》い目《め》が、キラキラしています。
「じゃあね」
「じゃあ」
リンの顔《かお》がすっとまどからきえ、
山《やま》に向《む》かって走《はし》って
行《い》ってしまいました。

そして、しばらくすると、
コーン、コーン
コーン、コン
二ひきのキツネの声《こえ》がひびきました。

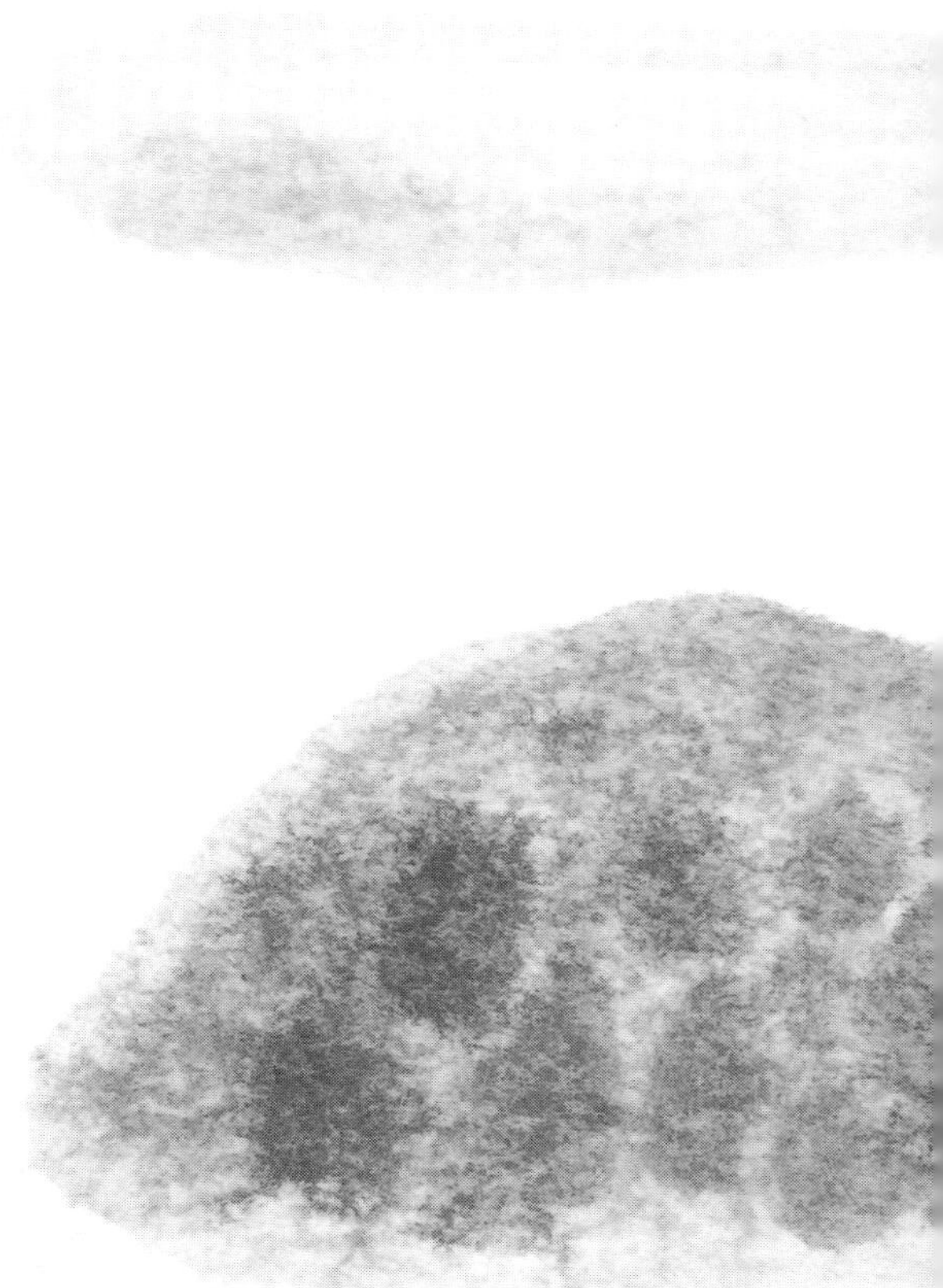

しばらく、ながめていたかえでさんは、まどをしめようとして、ふと下《した》を見《み》ました。

まどの下《した》に、なにかおかれています。

かえでさんは外《そと》に出《で》ました。そこには、草《くさ》のつるであんだかごがあって、まっ赤《か》に色《いろ》づいたガマズミやカラスウリの実《み》、モミジの葉《は》っぱ、どんぐりなどがたくさん入《はい》っていました。

「これはきっと、リンくんとおかあさんが作《つく》ったんだわ」

かえでさんは、そっとかごをもちあげました。

そして、としょかんの入《い》り口《ぐち》のところに
机《つくえ》をおき、かざり台《だい》を作《つく》りました。

まん中《なか》に、かごをかざり、そのまわりに、キツネが出《で》てくる本《ほん》をたくさんおいて、こんなメッセージを書《か》きました。

キツネの リンくんから
ありがとうの
プレゼント です。
リンくんは
山の としょかんで
キツネの べんきょうを します。

かえでさんは、きのうリンがすわっていたカウンターを、しばらくじっと立《た》ったまま、見《み》つめていました。

葦原かも（あしはらかも）

神奈川県川崎市生まれ。東京学芸大学教育学部国語科卒業。学校図書館関係の編集の仕事にたずさわる。第54回講談社児童文学新人賞佳作受賞作、『まよなかのぎゅうぎゅうネコ』で、2014年にデビュー。そのほかの作品に、「うみのとしょかん」シリーズ（講談社）、『とどけ、サルハシ！』（小峰書店）、『どんなイチゴも、みんなかわいい』（童心社）などがある。「にじゅうまる」同人。「中学の時、図書委員になり、優しいヤギのような学校司書のおじいさんとお話するのが大好きでした」

高橋和枝（たかはしかずえ）

神奈川県生まれ。東京学芸大学卒業。絵本に、「くまくまちゃん」シリーズ（ポプラ社）、『ねこのことわざえほん』（ハッピーオウル社）、『りすでんわ』（白泉社）、『くまのこのとしこし』『トコトコバス』（ともに講談社）、『うちのねこ』（アリス館）など多数ある。漫画に『火曜日のくま子さん』（中央公論新社）がある。挿絵をてがけた作品に『月夜とめがね』（あすなろ書房）、『れいちゃんのきせつのせいかつえほん』（のら書店）、『銀のくじゃく』（偕成社）、「ハートウッドホテル」シリーズ（童心社）、『ねこもおでかけ』（講談社）、『とびらをあければ魔法の時間』（ポプラ社）などがある。

わくわくライブラリー
山《やま》の学校《がっこう》 キツネのとしょいいん

2024年11月18日　第1刷発行
2025年 6 月18日　第2刷発行

作　葦原《あしはら》かも
絵　高橋和枝《たかはしかずえ》

発行者　安永尚人
発行所　株式会社 講談社
〒112-8001　東京都文京区音羽2-12-21
電話　編集　03（5395）3535
販売　03（5395）3625
業務　03（5395）3615
印刷所　共同印刷株式会社
製本所　島田製本株式会社

KODANSHA

N.D.C.913　95p　21cm

本書は書き下ろしです。
シリーズマーク／いがらしみきお　装丁・本文DTP／脇田明日香
ISBN978-4-06-536058-3